# Sous le vent de l'Amour en Andalousie

# Gérôme

# Sous le vent de l'Amour en Andalousie

FSC
www.fsc.org
MIXTE
Papier issu
de sources
responsables
Paper from
responsible sources
FSC® C105338

À toi, Cathy, qui m'as inspiré comme personne.

À mon pote, sans qui ces moments uniques n'auraient
jamais existé.

À ma fille, la seule à qui j'ai confié mes secrets, dont
l'oreille attentive a accompagné mes rêves pour ce retour.

# TABLE

# PROLOGUE

## Le coup de foudre (28 juillet 2024) – Torremolinos, Espagne

Les vacances avaient été décidées sur un coup de tête. À peine une semaine avant de partir, Ben et moi avions réservé ce séjour à *Torremolinos*, dans la région de *Málaga*. Une envie soudaine de soleil, de plage et de dépaysement. C'était ce qu'il nous fallait. Nous sommes arrivés à l'hôtel vers 14h, après avoir déjeuné dans un restaurant original sur le chemin, *El Toro Azul*. L'air chaud de l'été andalou nous enveloppait, et je ressentais déjà cette excitation que seuls les premiers instants des vacances peuvent procurer.

L'hôtel était simple, mais confortable. Après s'être installés, vers 15h, nous sommes descendus à la réception pour demander la clé du coffre de la chambre. C'est là que je l'ai vue pour la première fois.

Cathy était à l'accueil, un sourire poli sur le visage, concentrée à répondre à notre demande. Et soudain, tout autour de moi s'est estompé. C'était comme si le temps s'était figé. Le coup de foudre n'était pas comme dans les films ou les romans — il était plus brut, plus instantané, presque inexplicable. Un simple regard, un sourire, et j'ai senti mon cœur s'emballer.

Je ne comprenais pas ce qu'il se passait. C'était comme si j'avais été frappé par un éclair, déstabilisé par cette rencontre inattendue. Je ne pouvais plus détourner les yeux d'elle.

Ce sentiment m'a suivi bien après que nous ayons quitté la réception. Même au fil des heures, alors que la soirée avançait, mon esprit restait irrémédiablement attiré par cette jeune femme. J'étais déjà sous son charme, sans même vraiment la connaître.

# CHAPITRE 1

## Le premier bouquet (31 juillet)

Le surlendemain, je n'avais pas fermé l'œil de la nuit. Incapable de dormir, je tournais en rond dans ma chambre. L'image de Cathy hantait mes pensées. Son sourire, son regard. Une force irrésistible me poussait à agir, à trouver un moyen de marquer cette rencontre. Alors, à l'aube du 31 juillet, une idée s'est imposée : lui offrir un bouquet de fleurs.

Je me suis rendu chez le fleuriste au bout de la rue, à 300m de l'hôtel, dès l'ouverture. Ce bouquet devait être spécial, unique, comme l'émotion qui m'envahissait. J'ai demandé un arrangement composé de trois roses jaunes, trois lys blancs, trois tournesols et trois gerberas roses/violettes. Je voulais que ce bouquet reflète ce que je ressentais, même si, à cet instant, cela semblait un peu fou.

Mon instinct me poussait à suivre cette impulsion. C'était peut-être prématuré, mais je ne pouvais pas lutter contre cette envie intense de la voir sourire à nouveau.

Avec une nervosité palpable, je me suis dirigé vers la réception, bouquet en main. Quand Cathy m'a vue, elle a semblé surprise.

*« Ce bouquet, c'est pour qui ? »* demanda-t-elle en souriant doucement.

*« C'est pour vous. »* ai-je répondu, légèrement embarrassé.

Elle a rougi, ses mains couvrant son visage, alors que son sourire illuminait à nouveau ses traits. Je lui ai avoué que je la trouvais très jolie, et que je n'avais pas pu résister à l'envie de lui offrir ces fleurs. Elle était touchée, mais visiblement aussi un peu gênée. Pour alléger l'atmosphère, je lui ai demandé des recommandations de restaurants dans la ville. Cathy m'a donné quelques adresses avec gentillesse, dont un restaurant tenu par des amis à elle, et curieusement, un autre où Ben et moi nous étions déjà arrêtés en arrivant à *Torremolinos*. C'était drôle, presque comme un signe.

Puis, sans vraiment réfléchir, je lui ai demandé : *« Est-ce que vous accepteriez de m'accompagner ? »*

Son sourire s'est estompé un instant. *« Je ne peux pas, c'est contre les règles de l'hôtel. Et puis, je suis encore en période d'essai. »*

Le refus était clair, mais je n'étais pas découragé. J'ai même tenté de demander une permission exceptionnelle à son manager, en vain. J'avais essayé. J'avais franchi une étape vers elle, et c'était ce qui comptait. Même si cela n'avait pas abouti comme je l'espérais, cette première interaction laissait déjà une empreinte indélébile dans mon esprit.

# CHAPITRE 2

## Les échanges avant le départ

## (31 juillet – 4 août)

Les jours qui ont suivi cette première approche romantique, je n'ai pas pu m'empêcher de retourner régulièrement la voir. Chaque passage à l'accueil devenait une occasion d'échanger quelques mots avec elle. Je prenais soin de ne jamais la déranger lorsqu'elle était occupée par la clientèle. Ces moments étaient brefs, jamais très profonds, mais ils nourrissaient en moi un désir grandissant d'en savoir plus sur elle.

Lors d'une de nos discussions, Cathy m'a confié quelque chose de simple mais révélateur : elle aimait les fleurs. *« Toutes les filles n'aiment pas ça. »*, m'avait-elle dit avec un sourire discret, comme si c'était un détail sans importance. Mais pour moi, ce n'était pas anodin. Elle m'avait également révélé qu'elle était originaire de *Pampelune*, au nord de l'Espagne, et que sa mère possédait une serre. *« Je connais bien les fleurs. »*, avait-elle ajouté. Cela rendait d'autant plus symbolique le bouquet que je lui avais offert quelques jours plus tôt.

Je me souviens avoir ressenti une étrange connexion lors de ces échanges. Cathy semblait apprécier ces conversations, même si elle restait réservée. Chaque mot échangé m'en apprenait un peu plus sur elle, comme si un voile se levait petit à petit sur le mystère qu'elle représentait.

Le soir avant notre départ, je savais que je ne pouvais pas quitter *Torremolinos* sans tenter un dernier geste. C'était ma dernière chance de créer un lien plus concret entre nous.

Lorsque je suis retourné à la réception pour lui dire au revoir, l'imminence du départ pesait sur moi. Cathy m'avait demandé si j'avais une carte professionnelle à lui laisser. J'avais répondu oui, mais au lieu de lui donner une carte de visite, je lui ai remis une petite enveloppe rouge. À l'intérieur, en espagnol et en français, j'avais écrit un court message avec mes coordonnées :

*« J'ai croisé beaucoup de jolies filles pendant mon séjour ici, mais aucune ne dégageait ce parfum unique que j'ai perçu en te voyant. Bien que nous ne nous connaissions pas, mon instinct m'a dicté de t'offrir ce bouquet. Je pense que j'aurais adoré te découvrir. Maintenant que je ne suis plus client de l'hôtel, j'espère avoir l'opportunité de mieux te connaître. Tu sembles être une femme exceptionnelle qui mérite toute mon attention. »*

Elle a pris l'enveloppe avec un sourire, mais je n'avais aucune certitude qu'elle la lirait. Je n'avais qu'un espoir fragile, celui qu'elle prenne le temps de me répondre après mon départ. Nos regards se sont croisés une dernière fois, puis je suis remonté dans ma chambre pour préparer mes affaires avant de me coucher.

Le lendemain, c'était le moment de repartir. Ces vacances à *Torremolinos*, aussi brèves qu'elles aient été, avaient pris une tournure inattendue. Alors que nous nous préparions pour le vol retour en France, une partie de moi était encore ailleurs, prisonnière de cette rencontre fulgurante avec Cathy. J'avais fait un dernier geste en lui laissant ce petit mot, mais je n'avais aucune idée de ce qui allait suivre.

Avant de monter dans l'avion, j'ai eu une rencontre fortuite avec une femme qui m'a parlé d'un projet en plein essor dans la région de *Málaga* : la *Málaga Tech Valley*. Cette initiative visait à transformer la région en un centre technologique européen, où des entreprises internationales comme *Google*, *Oracle*, et *Vodafone* s'installaient pour se concentrer sur les nouvelles technologies et la cybersécurité. Ses paroles ont résonné en moi. Cette région dont j'étais tombé amoureux pouvait également représenter une nouvelle aventure professionnelle.

L'avion décollait, et tandis que nous survolions les plaines et les montagnes, mes pensées s'égaraient entre deux mondes : mes sentiments grandissants pour Cathy et cette idée naissante de revenir à *Málaga* pour y tenter ma chance dans un nouveau projet de vie. Ces deux réalités se mêlaient, renforçant en moi ce désir de revenir.

# CHAPITRE 3

## Vers un nouveau départ

## (4 août – 13 septembre)

De retour en France et une fois posé chez moi, je n'ai eu qu'une seule envie : écrire. Je voulais non seulement décrire mes sentiments présents, mais aussi replonger dans tout ce que j'avais vécu et ressenti pendant mon séjour.

*Extrait Journal - 4 août*

*« Je me rends bien compte que tout ça n'est pas rationnel. Je me sens invincible et pousser des ailes tout en étant perdu et en état de manque. Ce mélange de bonheur et de tristesse est vraiment très particulier. Oui, je ne sais rien de toi, ou presque, et tu ne sais rien de moi. Je ne souhaite seulement pour l'instant que me dévoiler et savoir qui tu es, quelle est ton histoire, ce que tu aimes, ce que tu n'aimes pas, ta vision de la vie, tes projets, tes envies...Je reviendrai te voir. »*

Je m'étais plongé dans la routine de tous les jours, mais quelque chose avait irrémédiablement changé. Chaque action, aussi banale soit-elle, était empreinte de ce désir de retour. *Málaga*, Cathy, la chaleur andalouse... Tout cela m'habitait constamment.

Une chose était devenue évidente pour moi : je ne pouvais pas laisser cette histoire en suspens. Le simple souvenir de Cathy, ses sourires et nos échanges furtifs à l'accueil de l'hôtel ne cessaient de résonner dans mon esprit. Très vite, j'ai compris que ce séjour à *Torremolinos* n'était qu'un début. Une idée prenait forme dans mon esprit, et elle ne faisait que grandir : je devais y retourner.

Mon esprit était désormais tourné vers mes prochains congés et une date : septembre.

Le 7 août, j'avais déjà pris les devants : un vol réservé, un studio trouvé, tout était en place. Ce retour n'était pas uniquement motivé par mon envie de revoir Cathy. La région de *Málaga* m'offrait aussi une promesse, celle d'une nouvelle aventure professionnelle, peut-être même d'une nouvelle vie. Mais si je revenais, c'était aussi beaucoup pour elle et la possibilité d'avoir ce rendez-vous et faire connaissance.


### *Extrait Journal - 13 août*

*« Allier ma passion pour l'informatique dans la Málaga Tech Valley à la douceur de cette région me semble un beau projet et une façon pourquoi pas de réussir ce changement de vie que je souhaite au fond de moi. En plus de ça, il est évident que je reviendrai te voir. J'espère que tu seras là.*

*Cette semaine c'était les nuits des étoiles filantes. J'en ai vu presque une dizaine. A chaque fois elles étaient pour toi.*

*Depuis que je suis rentré, j'ai eu ces premières 36h un peu compliquée de retour à la vie normale. Mais très vite j'ai eu le cœur chantant et le plaisir de savoir que j'allais revenir. »*

Mon esprit oscillait sans cesse entre mes projets professionnels et mes pensées pour Cathy. L'idée de rejoindre la *Málaga Tech Valley* me motivait chaque jour davantage, tandis que mes sentiments pour elle grandissaient inexorablement.

D'un côté, je m'efforçais de maintenir un semblant de normalité dans ma vie quotidienne, mais de l'autre, chaque jour était une préparation consciente et émotionnelle pour ce retour. C'est à cette époque qu'une idée est apparue dans mon esprit : je voulais faire plus qu'un simple retour. Je voulais surprendre Cathy, lui montrer à quel point elle avait compté pour moi depuis cette rencontre.

## *Extrait Journal - 13 août*

*« Cela m'a donné envie de réaliser un projet incroyable ; de montrer la passion qui m'anime depuis que je t'ai rencontré. Et mon cœur me dicte de faire quelque chose de dingue, que je n'ai jamais fait, que je ne pensais pas être capable de faire, que personne autour de moi ne me verrai faire.*

*Alors j'ai commencé à m'entraîner cette semaine. Ce n'est pas trop mal finalement pour un début. Mais ce qui compte ce n'est pas la performance, mais la sincérité de ce que je ressens. »*

Ce retour n'allait pas être anodin. Je voulais que ce moment soit spécial. Une idée avait germé dans mon esprit : je chanterais pour elle. La chanson *« Sous le vent »*, ce duo intemporel de Garou et Céline Dion, s'était imposée naturellement. Ce morceau portait une intensité émotionnelle qui semblait refléter ce que je voulais lui dire, avec quelques ajustements personnels dans le texte.

C'était un projet ambitieux, surtout que je ne suis pas chanteur. Loin de là. Pourtant, cela ne m'a pas dissuadé. J'avais environs un mois pour répéter. Chaque jour, je travaillais ma voix, tentant de maîtriser les nuances et les intonations de la chanson, essayant de me rapprocher du plus juste.

Les premières tentatives furent difficiles. Mon manque d'expérience vocale se faisait ressentir, et plusieurs fois je me suis surpris à douter de ma capacité à lui offrir cette prestation. Mais chaque difficulté surmontée, chaque amélioration, me donnait une confiance nouvelle. Je savais que je n'étais pas chanteur, mais c'était la sincérité et l'émotion derrière chaque note qui comptait vraiment. Cette discipline quotidienne me permettait de rester connecté à elle, comme si chaque note que je chantais était un message qu'elle pourrait un jour entendre.

### *Extrait Journal - 13 août*

*« Je suis tellement pressé d'être dans 1 mois…le temps va me paraître long d'ici là j'ai l'impression. Je vais devoir me concentrer sur la partie travail maintenant, dans l'optique de mettre toutes les chances de mon côté pour réussir ce*

*projet de trouver un job sympa dans la région. Je pense presque tout le temps à toi, mais je vais devoir me forcer à moins penser à toi ces 3 prochaines semaines, mais je t'écrirai encore quand mon cœur me dira de le faire.*

*Je lutte contre des vents contraires qui handicapent la possibilité que tu t'intéresses à moi.*

*On verra bien où tout ça me mène. Mais quoi qu'il arrive, je sais que je n'aurai aucun regret. J'aurai mené à bien quelque chose que mon cœur m'a dit de faire passionnément. Je sais déjà que ce moment magique ne se reproduira pas, celui-ci te sera réservé pour toujours, et restera, pour moi, inoubliable ! »*

En parallèle, je commençais à écrire plus régulièrement dans mon journal. À l'origine, ces pages étaient destinées à moi-même, une manière de canaliser ce flot d'émotions que je ne pouvais exprimer autrement. Mais au fil des jours, je réalisais que ce journal devenait une lettre ouverte à Cathy. C'était à elle que je voulais parler. C'était elle que je voulais toucher à travers ces mots. Peu à peu, je me dévoilais à travers ces lignes. Chaque entrée était une manière de me livrer, d'exposer mes sentiments les plus profonds.

À travers ces pages, je lui racontais qui je suis, lui donnant des informations personnelles sur ma vie. Je lui dévoilais mes pensées, mes doutes, mes espoirs, et parfois même mes craintes.

*Extrait Journal - 17 août*

*« Je commence à être assailli de questions et de doutes ; j'ai peur que tu me prennes pour un fou. En fait, réaliser ce projet incroyable ne me fais pas peur. Ce qui me fait peur c'est d'arriver trop tard, ou que cette façon d'agir te fasse flipper et que tu refuses qu'on fasse connaissance. »*

Mais une chose restait constante : l'envie de revoir Cathy.

Chaque jour qui passait, je me sentais de plus en plus envahi par ces émotions nouvelles. Ce n'était pas simplement une attirance, c'était une force mystérieuse, presque divine, qui me poussait vers elle. Cathy n'était pas comme les autres femmes que j'avais rencontrées. Il y avait quelque chose chez elle, une lumière intérieure qui réveillait en moi des sentiments que je ne pensais pas capables d'exister.

Chaque note écrite, chaque chanson répétée me rapprochait un peu plus de ce moment où nos chemins se croiseraient de nouveau.

*Extrait Journal - 17 août*

*« Je pense tous les jours à toi...j'imagine que toi pas du tout ! Je crois que je prends un gros risque de me prendre un gros râteau...En fait c'est ça ; je me dis que tu vas me prendre pour un dingue et que ça va te faire peur. Mais j'espère que tu verras ce qui transpire de mon âme au moment où je te déclarerai ma flamme par cet instant hors*

*du temps. En vrai, même moi je me fais peur : j'hallucine de parler comme ça alors que je ne te connais pas plus que ça. Je ne sais pas ce qui m'arrive…en fait si…je suis juste tombé amoureux d'une fille qui me fait complètement vibrer comme jamais. Je sais déjà que si j'ai le plaisir de faire ta connaissance je ne serai pas déçu. C'est fou !!! »*

Je ressentais le besoin de lui expliquer mon histoire, d'où je viens, en lui racontant mon quotidien, des anecdotes et des moments importants de mon passé afin qu'elle comprenne qui je suis et le sens de ce qu'il se passe en moi depuis que j'ai découvert cette région et qu'elle a croisé mon chemin.

Je réalisais peu à peu que c'était une forme de lettre d'amour pour Cathy.

### *Extrait Journal – 18 août*

*« En même temps, je me rends compte que j'ai vraiment envie de t'écrire. J'ai envie de te raconter comment je vis ces quelques semaines avant de te revoir, avant de savoir si je vais me prendre un vent monumental ou si tu me laisseras te partager mon bonheur. Et puis je crois qu'il est temps que je te raconte un peu plus sur moi.*

*…*

*Pourquoi je te raconte tout ça ? Difficile à dire, moi-même je ne comprends pas tout en vrai…Ce que je sais c'est que tu as réveillé chez moi quelque chose de précieux. Oh, je sais bien que tu ne l'as pas voulu, que tu ne l'as pas cherché. Tu n'y pouvais rien et moi non plus en vrai. Ça s'est produit… Pourquoi toi ? Est-ce qu'il faut forcément une raison rationnelle à tout ça ? Tout ce que je sais, c'est qu'il y avait mille raisons pour que je passe à côté de toi, et que des jolies filles et attirantes j'en ai croisé beaucoup ces derniers temps comme je te l'ai dit, mais aucune ne m'a fait un tel effet au premier contact. J'ai vraiment le sentiment que tu as quelque chose en plus et que tu es différente des autres. Et c'est pourquoi je préfère prendre ce risque de dévoiler mes sentiments et qui je suis.*

*…*

*Parfois quand je me relis et que je me vois parler ainsi, je me dis que la chute pourrait être dure. Ce que je veux dire c'est que je ne sais pas, si tu refuses mon amour, si je retrouverai un jour ce sentiment tel que je le ressens. J'ai déjà touché le fond dans ma vie, par 2 fois, alors je sais que je finirai par m'en remettre et l'accepter. Je suis passé par tellement pire, et heureusement j'ai réussi à me relever. Mais imaginer que je ne ressentirai peut-être plus jamais les sensations uniques que tu me procures à ta seule pensée, ce serait tellement triste. »*

Presque 3 semaines après mon retour en France, j'ai décidé de lui faire livrer un bouquet de fleurs. Je voulais lui faire livrer le même bouquet que celui que je lui avais apporté la première fois. J'ai donc pris contact avec le même fleuriste en début de semaine, et le temps qu'on se comprenne bien sur ma demande, et que je me renseigne sur la présence de Cathy à son travail, la livraison se ferait le vendredi en début de soirée.

J'ai demandé au fleuriste que soit ajouté le petit mot suivant en espagnol : *« Pour toi, Cathy, et ton sourire exceptionnel. »*

Je n'ai pas voulu signer ce mot, je me suis dit qu'elle saura tout de suite que cela vient de moi, et normalement elle a mes coordonnées si elle veut me répondre.

### *Extrait Journal – 25 août*

*« Hier matin j'ai reçu un mail de la part du fleuriste, il m'a dit qu'il t'avait remis le bouquet en main propre à 23h15 et que tu avais adoré. C'est très gentil de sa part car au départ il m'avait dit que les livraisons ne se faisaient que jusqu'à 21h. J'apprécie le geste. J'ai déjà très envie de t'en refaire livrer un autre, mais je ne vais pas abuser, je vais attendre un peu. En même temps, je n'ai pas eu de petit mot de ta part. Je suppose que tu as compris que ça venait de moi car c'était le même bouquet fait de fleurs jaunes et blanches, accompagné d'un petit mot rappelant ton sourire exceptionnel. Donc je ne sais pas trop quoi penser...peut-être tu as perdu ou jeté mon petit mot dans lequel je t'avais laissé mes coordonnées. Ou peut-être que tu as déjà quelqu'un dans ta vie, ou que je ne t'intéresse pas du tout. Ou alors tu vas m'écrire quand tu estimeras que ce sera le bon moment. Bref, je ne sais pas, ça me fait réfléchir et douter de la possibilité que je puisse atteindre ton cœur. »*

Le temps passe, et je continue d'avancer dans mes projets. Je mets toutes les chances de mon côté et je me bats comme jamais pour avoir cette opportunité de trouver ce job de rêve dans cette région qui m'appelle. J'ai retravaillé mon CV, créé un nouveau plus simple à l'américaine, ce qu'ils appellent un « resume ». J'ai pris des contacts autour de la zone du *Parc Technologique Andalou*, qui m'ont donné d'autres contacts et des informations pertinentes. Je me suis inscrit sur des sites de recrutements espagnols, je regarde les offres existantes, je réponds à celles qui correspondent à mon profil, je fais quelques candidatures spontanées. J'ai l'impression d'avoir semé des graines et qu'il n'y a plus qu'à attendre que ça pousse et de voir une fois que je serai là-bas pour éventuellement concrétiser des rencontres.

Et je continue de m'entraîner pour ce jour où je vais déclarer ma flamme comme jamais je ne l'aurai fait auparavant dans ma vie. Je me sens de plus en plus prêt à réaliser cette prestation. Mais je sens par moment que cela sera certainement très différent le jour où elle sera en face de moi. C'est une chose de s'entrainer seul face à soi-même, c'en est une autre lorsqu'en face de soi se trouve la personne qui fait vibrer tout ton être.

Et c'est vrai aussi que pendant cette période je ressens de plus en plus que quelque chose a changé en moi depuis ce retour en France. J'ai trouvé une motivation et un plaisir que je n'avais plus ressenti depuis longtemps. Je fais régulièrement de l'exercice tous les jours, j'ai même réussi à arrêter de fumer complètement. Même si je n'étais pas un gros fumeur, j'avais mes petites habitudes, mais je voulais absolument me tester. Je voulais voir si la force de mes sentiments pour Cathy était plus forte que l'envie de fumer. Cela a été un succès total ! Je n'ai absolument eu aucune difficulté, je n'ai rien senti !

Bien sûr tous les jours ou presque je continue d'écrire dans mon journal. Je continue d'écrire à Cathy et j'aime ça. Même si je n'avais aucune certitude que le résultat serait à la hauteur de mes espérances, je devais suivre ce que je ressentais. Mon souhait était, au moins, d'éveiller en elle l'envie de mieux me connaître, en lui offrant quelque chose de profondément personnel, unique, et devenu si rare dans les histoires d'amour modernes.

### *Extrait Journal – 29 août*

*« Il est 20h, et je ressens cette envie irrésistible de t'écrire, même si je ne sais pas encore exactement ce que je veux te dire... Peut-être que c'est étrange, ou peut-être que c'est moi qui le suis, qu'en penses-tu ?*

*Quoi qu'il en soit, dans deux semaines, je serai officiellement en congés, et je m'imagine déjà en train de préparer mes bagages. Le moment approche... et j'ai tellement hâte, une impatience presque folle ! Hâte de te revoir, mais aussi de prendre le risque de me dévoiler entièrement. Ce risque, je le prends avec conviction, car au bout, il pourrait y avoir la plus belle des choses. Ce genre de folie, on ne le vit peut-être qu'une fois dans sa vie, et je veux aller jusqu'au bout pour te montrer la valeur de mes sentiments. Je veux t'ouvrir mon cœur comme jamais je ne l'ai fait auparavant, te dévoiler une partie de moi-même, même si je sais que ces quelques mots ne suffiront jamais à te raconter toute mon histoire. J'espère de tout cœur que cela te donnera envie d'en savoir plus.*

*Les mots, c'est bien, mais ils ne sont jamais suffisants… J'espère sincèrement que tu m'accorderas l'opportunité de transformer ces mots en actes. Si tu ressens ne serait-ce qu'une petite possibilité de me donner une chance, je veux prendre le temps de construire quelque chose de solide avec toi, quelque chose de vrai, fondé sur des bases indestructibles. Je ne veux rien précipiter, mais plutôt savourer chaque étape, chaque moment, pour bâtir une histoire d'amour unique et belle. »*

Cathy, avec son sourire, le souvenir de son visage, de son regard et de son accent, est en train de créer chez moi une inspiration qui va au-delà de tout ce que j'ai connu. Cela en devient presque mystique tellement les idées et les mots percutent tout mon esprit avec une passion démesurée.

Je sens que je ne maîtrise plus cette montée en puissance de mes sentiments et que je tombe de plus en plus amoureux chaque jour qui passe, et cela a des conséquences inattendues sur ma créativité.

### *Extrait Journal – 1er septembre*

*« Cela fait quelques semaines que tu m'inspires profondément, mais ces derniers jours, cette inspiration a pris une forme extraordinaire qui me dépasse. J'ai le sentiment qu'il y a des forces invisibles qui guident mon chemin, quelque chose de plus grand que moi. Je me*

demande ce qu'il m'arrive, mais je sais que c'est exceptionnel.

J'ai commencé un poème pour capturer cette énergie, cette passion qui brûle en moi, ce mélange d'émotions que je ressens si intensément jusqu'au moment où tu liras ces lignes. Ce poème conclura ce journal, et j'espère qu'il reflétera tout ce que je ressens, tout ce que je n'arrive pas à dire autrement.

En moi, tant de sensations s'entrechoquent, me perturbent, me bouleversent. Parfois, je suis submergé de bonheur et d'excitation, d'autres fois, les doutes et le blues me rattrapent. Je réalise que cette chanson que je vais te dédier commence par dire que « je n'ai pas peur ». Et c'est vrai, je n'ai pas peur de chanter pour toi, même devant des inconnus qui, par hasard, assisteront à cet instant. Mais parfois, une autre peur m'envahit : celle de te perdre, de passer à côté d'une femme exceptionnelle et d'une histoire unique, celle de voir ces sentiments si fabuleux s'effondrer. Et plus que tout, j'ai peur de t'effrayer par cet amour si intense que je te porte déjà. »


J'ai eu de nouveau le désir de lui faire livrer un bouquet, toujours le même pour bien lui faire comprendre que je ne l'oublie pas, mais cette fois avec un petit indice dans le message afin d'attiser sa curiosité sur ce qui se profilait : « *Ces jours-ci, une douce et inattendue inspiration me guide, et j'ai hâte de savoir où elle me mènera. Je ne peux m'empêcher de sourire en pensant à toi. À très bientôt ... »*

Cette façon de terminer ce petit mot avait pour but de lui signifier que j'allais bientôt revenir la voir. Et en effet la date approchait à grand pas.

*Extrait Journal – 6 septembre*

*« Quelle joie j'ai ressentie ce matin en recevant cette photo de toi avec le bouquet ! Je ne m'y attendais vraiment pas. J'avais simplement demandé au fleuriste de m'envoyer une photo du bouquet, comme la première fois. C'était la routine... et là, bam ! Toi et ce magnifique bouquet ! J'étais au bureau, et tu m'as fait sourire pour le reste de la journée... et honnêtement, ce sourire est encore là ! Je crois que mes collègues commencent à se demander si j'ai gagné au loto ou quelque chose comme ça. »*

Le lendemain, j'avais enfin terminé d'écrire ce poème et j'en étais vraiment très fier car je ne crois pas avoir déjà écrit un texte aussi beau et puissant.

*Extrait Journal – 7 septembre*

*« Ça y est ! Je crois bien avoir terminé ce poème pour toi. Et honnêtement... je suis vraiment satisfait ! Je ne vois pas comment je pourrais faire mieux. Ça a été un véritable plaisir de poser des mots sur toutes ces émotions et ces sentiments qui m'ont traversé ces dernières semaines. J'espère sincèrement qu'ils te plairont et qu'ils sauront toucher ton cœur.*

*J'aurai aimé le traduire pour en faire une version espagnole, mais je ne suis vraiment pas certain que ce soit pertinent comme en français, pour des questions de rimes, de rythme et de métaphores. Je ne maîtrise pas suffisamment bien ta langue maternelle.*

*Il est donc presque temps pour moi de conclure ce journal. »*

L'inspiration qui m'a guidé à travers tout ce journal et pour l'écriture de ce poème a été vraiment extraordinaire, et j'ai senti qu'elle se renforçait chaque fois que je prenais ma plume.

C'était une déclaration d'amour pure. J'avais passé des heures à peaufiner chaque vers, à m'assurer que chaque mot portait en lui l'intensité de mes sentiments. Ce poème, c'était un prolongement de la chanson que je m'apprêtais à lui chanter, la partie la plus intime et la plus forte de ce que je voulais offrir à Cathy.

Je conclurai d'ailleurs ce journal avec ce poème en le précédant de la phrase suivante : *« Je te livre maintenant ce qui est sans doute l'un des plus beaux textes que j'ai écrits de ma vie : un poème inspiré par les anges et ton étoile. »*

Il ne restait plus que quelques jours avant de partir m'immerger pendant 16 jours dans la culture espagnole. J'avais 2 objectifs, 2 rêves : trouver une belle opportunité de travail pour venir rapidement m'installer dans la région, et faire plus ample connaissance avec Cathy pour tenter de la séduire en espérant vivre une belle histoire d'amour. Et tout ça en profitant quand même de mes congés et de cette région dont je suis aussi tombé amoureux.

Les jours approchaient, et je sentais monter en moi une excitation et une anticipation que je n'avais jamais ressentie auparavant. Chaque répétition, chaque mot écrit dans mon journal me rapprochait un peu plus de cet instant où je me retrouverais enfin devant Cathy. J'ai tellement attendu ce moment et il me tarde de me libérer de cette fougue qui m'aura habité pendant plus d'un mois.

Bien sûr je connaissais les risques vis-à-vis de cette histoire d'amour que je vivais pour le moment de manière solitaire. D'ailleurs, depuis mon retour en France, je n'ai eu aucune nouvelle de sa part jusqu'à maintenant, même pas après les 2 livraisons de bouquets de fleurs, elle ne m'a jamais écrit... Et même si je n'avais aucune certitude et que je pensais que les probabilités de réussite n'étaient pas forcément en ma faveur, j'y croyais vraiment très fort. Mais rien n'était garanti. Et ce risque, je le prenais avec conviction, parce que cet amour, aussi fragile et incertain qu'il soit, valait la peine d'être poursuivi jusqu'au bout. Je me disais que tout ce que je vais lui donner comme preuves d'amour pourraient faire pencher la balance du bon côté et lui donnerait, au moins, l'envie d'en savoir plus.

### *Extrait Journal – 11 septembre - Conclusion*

*« Depuis que nos chemins se sont croisés, mes pensées n'ont cessé de tourner autour de toi. Ce que je ressens pour toi est bien plus qu'un simple coup de foudre : c'est une expérience profonde. Ce journal a été mon refuge, un*

espace privé où j'ai confié mes pensées, mon histoire, mes doutes, mes espoirs, et surtout, ce que je ressens pour toi. Mais aujourd'hui, ce journal devient le tien.

Ces semaines ont été marquées par une dualité : un bonheur immense de te connaître, mais aussi des doutes. Je n'ai jamais eu autant de certitudes mêlées à tant d'incertitudes à la fois. Chaque jour, je pense à toi, à ton sourire, et à cette idée de partager un moment intime avec toi, pour mieux te connaître, sans rien précipiter.

Et tu l'as probablement bien compris maintenant : je suis vraiment très amoureux de toi. Oui, il y a quelque chose d'irrationnel dans cette histoire, mais je préfère de loin une histoire d'amour unique, fantastique et différente, plutôt qu'une relation convenue. Ce que je ressens pour toi est différent de tout ce que j'ai connu. Mon cœur me pousse à chercher ce bonheur, dans l'espoir de le partager avec toi. J'espère que tu ne me prends pas pour un fou, car non, je ne suis pas dingue…pero…estoy realmente loco por ti!

Ce journal est mon témoignage intime, sincère et profond. Il est comme une fenêtre ouverte sur mon âme, et je te donne les clés pour la découvrir. Ce n'est pas un geste anodin. Je comprends que ce que je t'offre puisse te paraître intense, et si tu as besoin de temps pour y réfléchir, je te le laisserai volontiers.

La clé, maintenant, réside dans ta propre disposition à me rencontrer sur ce chemin. Je suis prêt à t'accompagner, à t'écouter, et à suivre ce rythme qui te conviendra. Parce qu'au fond, ce que je désire le plus, c'est que tu sois heureuse, peu importe où cette aventure nous mènera. »

# CHAPITRE 4

## Le retour et la déclaration

## (13 – 14 septembre)

**Le retour à Torremolinos**

Après plus d'un mois d'attente, le moment tant espéré était enfin arrivé. Le 13 septembre, je revenais à *Torremolinos*, cette ville qui avait marqué mon esprit depuis cet été. Mon cœur battait à l'idée de revoir Cathy, mais cette fois, je ne venais pas en simple touriste. J'étais ici avec une mission, un plan, et ce désir profond de donner un nouveau souffle à ma vie. J'ai d'ailleurs dû refuser d'aller déjeuner avec un collègue le midi car je préparais mon départ pour l'après-midi, et je lui avais répondu par sms : « *Je pars chercher mon rêve…* » Et il m'avait répondu : « *La chance !* »

Le vol s'était bien passé, et en atterrissant à *Málaga*, je ressentais une montée d'excitation mêlée de plaisir. Chaque coin de la ville me rappelait les souvenirs du mois de juillet, mais cette fois, tout semblait plus intense, plus déterminé. J'avais déjà mes marques et je savais exactement ce que je devais faire, je n'avais plus d'hésitation comme on avait pu avoir lors de notre première venue avec mon pote Ben.

Je m'installais dans un petit studio au neuvième étage d'un immeuble imposant, à quelques minutes à pied de l'hôtel où Cathy travaillait, et juste à côté du fleuriste. C'était un endroit charmant, avec une vue magnifique sur la mer à gauche, les montagnes à droite, et la ville en face. Depuis le balcon, je pouvais voir la rue qui menait à une petite paroisse (mais je ne l'ai aperçu que le lendemain), un lieu qui allait devenir important dans les heures à venir et pour le reste de mon séjour.

Le premier soir, je décidais de me détendre. Après avoir déposé mes affaires, je sortis boire un verre et prendre quelques tapas dans un café proche où le barman parlait français. Nous avions sympathisé lors de mon dernier séjour, et retrouver cette ambiance familière me fit du bien. Je me sentais bien, j'étais très heureux d'être là et de m'immerger dans cette culture espagnole et la chaleur qui y règne. Je savais que le lendemain serait un grand jour, et je voulais être prêt mentalement pour ce qui allait suivre.

**Les préparatifs**

Le 14 septembre était enfin là, et avec lui, l'adrénaline qui montait en moi à mesure que les heures s'écoulaient. Chaque détail comptait, chaque geste devait être réfléchi. Mon plan était clair : je voulais que cette déclaration d'amour soit inoubliable, quelque chose qui toucherait Cathy en profondeur. Je savais qu'elle travaillait de 15h à

23h, et le bon moment pour agir serait autour de 21h, quand l'hôtel serait plus calme, les clients étant généralement sortis pour dîner.

La première étape consistait à récupérer le bouquet. En début de semaine, j'avais commandé un arrangement particulier : 21 roses rouges, symbole puissant de mes sentiments pour elle, accompagnées de fleurs des précédents bouquets — une rose jaune, un lys blanc, un tournesol et une gerbera rose/violette. Chacune de ces fleurs représentait un moment de notre rencontre et l'évolution de mes émotions. Vers 13h, je passai chez le fleuriste pour le récupérer. Sachant que je devais attendre la soirée pour voir Cathy, je pris également un vase pour garder les fleurs fraîches jusqu'à 21h.

L'après-midi, je passai du temps à peaufiner les derniers détails. Je répétai encore quelques fois la chanson « Sous le vent », qui avait pris une signification particulière pour moi. Ce duo, que j'avais choisi pour sa puissance émotionnelle, représentait tout ce que je voulais lui dire. Chaque note, chaque parole, était un moyen de lui ouvrir mon cœur et de lui transmettre ce que je ressentais pour elle.

En regardant par la fenêtre de mon studio, je remarquai pour la première fois une petite paroisse, située juste en face de mon balcon. Intrigué, je fis des recherches et découvris qu'elle s'appelait la « Paroisse de la Mère du Bon

Conseil ». Ce nom résonna en moi, comme un signe. Je décidai de m'y rendre, ressentant le besoin de me recentrer et de prier. Un très bel endroit sur une grande place juste à côté du centre animé. L'intérieur de l'église était magnifique, avec ses décorations et artefacts empreints de spiritualité. Là, je pensai à ma grand-mère, disparue trois mois plus tôt, et à son frère, décédé juste avant mon départ. Je me remémorai un moment touchant que nous avions partagé lors des funérailles de ma grand-mère, quand il avait embrassé ma médaille représentant la Vierge. Je priai pour eux, pour moi, et pour que ce moment crucial de ma vie soit béni. Ce fut un instant de calme avant la tempête d'émotions qui m'attendait.

Après ce passage à la paroisse, je me détendis en buvant un verre dans un café proche, absorbant l'ambiance andalouse avec ses effluves de vacances et de chaleur. Puis, en fin d'après-midi, je retournai à mon studio pour me préparer. Je pris une longue douche, me rasai soigneusement et choisis mes vêtements avec attention. Tout devait être parfait pour ce moment unique. Je pris quelques photos du bouquet sur le balcon, capturant ce ciel bleu et la vue imprenable sur la ville, comme pour immortaliser cet instant avant de me lancer.

Lorsque l'heure approcha, je préparai mon sac à dos, vérifiant que l'enceinte Bluetooth et le journal étaient bien en place. À 20h30, un signe inattendu se manifesta : les cloches de la paroisse se mirent à sonner une mélodie douce et belle. Ce fut un moment de synchronicité parfaite. L'heure était venue.

## La déclaration

Je pris une profonde inspiration avant de quitter mon studio, formulant une dernière prière. Il était temps de déconnecter le cerveau et de suivre mon cœur.

Je me dirigeai vers l'hôtel avec une détermination rarement ressentie auparavant. En arrivant devant l'entrée, je vis Cathy au comptoir. Je restai en retrait pour ne pas attirer son attention, attendant le bon moment pour me faufiler dans la zone tranquille du salon. Là, entre des tables et des fauteuils, à l'écart du tumulte de la réception, je déposai le vase contenant le bouquet, puis je plaçai l'enceinte à côté. Tout était prêt. C'était là que tout allait se jouer.

Mon plan initial, que j'avais envisagé pour faire venir Cathy en la faisant sortir de la réception, avait changé, mais je m'étais adapté à la situation. Je savais que l'imprévu pouvait être une composante qu'il fallait prendre en compte. Il fallait maintenant faire confiance à l'instant présent et à la magie du moment.

Je demandai alors à un homme qui jouait au billard de m'aider. Je lui expliquai rapidement la situation, et il accepta avec un sourire bienveillant. *« J'y vais maintenant ? T'es sûr ? Tu es prêt ? »* me demanda-t-il, mi-amusé, misérieux. Je hochai la tête. Il se dirigea vers Cathy pour l'attirer dans la zone où je l'attendais. C'était maintenant ou jamais.

Lorsque Cathy s'approcha et m'aperçut, je lançai la musique et commençai à chanter « *Sous le vent* ». Le moment était suspendu, l'air chargé de tension. Je pouvais lire dans ses yeux une surprise évidente, peut-être une légère gêne, mais aussi quelque chose d'indéfinissable. Elle semblait vouloir me dire quelque chose, mais je devais aller jusqu'au bout. La chanson se termina, et je m'approchai d'elle.

*« Je sais qu'on ne se connaît pas encore beaucoup et que tout ça peut paraître un peu fou, mais je suis là parce que ton sourire m'a fait traverser plus que des frontières, et si tu m'accordes quelques minutes je t'expliquerai tout...Et promis, pas d'autre surprise musicale ! De toutes façons tu as bien vu que je ne ferai pas une carrière de chanteur. »*

Mes paroles étaient teintées d'humour, mais surtout d'une sincérité profonde. Cathy semblait touchée. Elle s'excusa de ne pas avoir répondu aux fleurs que je lui avais envoyées auparavant, m'expliquant qu'elle avait perdu mon petit mot d'amour avec mes coordonnées. Je lui tendis alors le nouveau bouquet, bien plus symbolique avec ses 21 roses rouges, un message intense et clair que je voulais lui transmettre.

Nous avons échangé quelques minutes. Elle me confia qu'elle partait le lendemain avec son père en vacances en Angleterre pour une semaine, et qu'elle serait de retour le dimanche 22 pour reprendre le travail le lendemain. Elle me demanda jusqu'à quand j'étais ici. Je lui répondis que je serais là pendant deux semaines, jusqu'au 29 septembre, et que je suis informaticien, espérant pouvoir m'installer dans la région si je trouvais un emploi dans la *Málaga Tech Valley*, qu'elle semblait connaître.

À un moment, elle me demanda si j'étais installé dans l'hôtel. Là, je n'ai pas pu m'empêcher de rigoler en secouant la tête. *« Non non non, pas cette fois, j'ai retenu la leçon. »*, lui répondis-je avec un sourire amusé. Elle sourit à son tour, partageant ce moment de légèreté entre nous.

Elle me dit qu'à son retour, nous pourrions aller boire un thé ensemble.

J'étais soulagé d'avoir pu réaliser cette déclaration avant son départ. D'une certaine manière, la chance avait été de mon côté. Et heureusement que j'avais prévu de rester deux semaines.

Je tentai tout de même ma chance en lui demandant si elle serait disponible pour prendre un thé ce soir-là après son service. Mais elle déclina gentiment, expliquant qu'elle voulait passer du temps avec sa mère avant de partir en voyage. Je comprenais parfaitement.

Avant de partir, je lui tendis mon journal. « *Au début, j'avais commencé à écrire pour moi* », lui dis-je doucement. « *Puis je me suis rapidement rendu compte que c'est à toi que j'avais envie de m'adresser. Ce journal est pour toi maintenant. Prends ton temps pour le lire.* » Elle accepta le journal avec un sourire et me dit qu'elle l'emporterait pendant ses vacances.

Ensuite, elle me présenta son amie qui travaillait avec elle à la réception. Celle-ci proposa de nous prendre en photo avec le bouquet. Nous posâmes, souriants, avant que je la laisse retourner à ses responsabilités après lui avoir souhaité de bonnes vacances. Je m'éclipsai discrètement, avec le plaisir d'avoir enfin pu exprimer tout ce que j'avais gardé en moi pendant ces semaines d'attente.

Je quittai l'hôtel avec une immense satisfaction, celle de m'être dépassé et d'avoir accompli un geste que je n'aurais jamais imaginé faire. C'était un moment intense, chargé d'émotions, et je ressentais le besoin de décompresser. Je me dirigeai alors vers le centre-ville pour boire un verre. Tandis que je commençais à repenser à tout ce qui venait de se passer, une inquiétude m'envahit : et si elle perdait encore mes coordonnées ? Je les avais laissées dans une petite enveloppe rouge glissée à la fin du journal, mais le doute s'insinuait en moi.

Je décidai d'appeler l'hôtel pour tenter de la joindre, mais sans succès. Ne voulant prendre aucun risque, je retournai rapidement à l'hôtel avant qu'elle ne termine son service.

Je m'installai au comptoir et commandai un verre, patientant jusqu'à ce qu'elle soit disponible. Quand elle vint à moi, je lui expliquai que j'avais eu peur qu'elle égare à nouveau mes coordonnées. Pour être sûr, je les notai une nouvelle fois sur une note que je lui tendis. Elle la rangea soigneusement dans le journal. Cette fois, je quittai l'hôtel l'esprit tranquille, convaincu que nous nous reverrions à son retour. J'étais confiant qu'elle tiendrait parole pour ce rendez-vous en tête à tête.

Avant de rentrer, je m'arrêtai dans un restaurant géorgien à quelques pas pour découvrir un plat local. Je pris mon temps, repensant à chaque instant de cette soirée particulière. J'avais hâte de la revoir et je me disais que c'était le bon moment. Désormais, elle avait toutes les clés en main, et il ne me restait plus qu'à patienter. J'avais une semaine devant moi pour me concentrer sur ma recherche d'emploi tout en profitant de mes vacances.

Je me rassurais en me disant que même si je n'avais aucune certitude quant à l'impact de ma déclaration sur son cœur, le journal et le poème pourraient peut-être changer les choses. Cependant, je ne connaissais pas vraiment son état d'esprit, ni sa situation actuelle. Peut-être que ce n'était tout simplement pas le bon moment pour elle. Quoi qu'il en soit, rien ne semblait l'empêcher de partager un petit moment ensemble pour faire connaissance. En tout cas, c'est ce qu'elle m'avait laissé entendre.

# CHAPITRE 5

## Entre patience et découverte

## (15 – 22 septembre)

Après cette soirée intense du 14 septembre, il me fallait prendre mon mal en patience. Cathy étant partie en vacances en Angleterre avec son père, je savais qu'il me restait plus d'une semaine à attendre avant de la revoir. J'avais espéré que, dès son retour, elle prendrait contact avec moi. Mais en attendant, je me concentrais sur deux choses : profiter pleinement de mes vacances et avancer dans ma recherche d'emploi.

Le lendemain, dimanche après-midi, direction la plage ! Le soleil, la mer, et ces sensations familières de liberté m'avaient manqué depuis mes dernières vacances ici. Je m'immergeais à nouveau dans cette atmosphère estivale espagnole, alternant tapas, cocktails et conversations en espagnol. C'était une semaine agréable, rythmée par la chaleur, la culture andalouse, et une ambiance festive qui se préparait dans la ville. En effet, je ne savais pas encore que j'arrivais juste à temps pour la *Feria de San Miguel*, les festivités annuelles de *Torremolinos*. Cette célébration était une explosion de couleurs, de musiques et de traditions locales qui donnaient à la ville une énergie particulière. Ces festivités allaient jouer un rôle majeur dans l'atmosphère de ma semaine, rendant l'attente un peu plus supportable.

Côté travail, la semaine fut également positive. J'avais décroché un entretien téléphonique avec le SCRUM master d'une grande entreprise internationale basée à *Málaga*. L'entretien s'était bien déroulé, et on me proposa de me rendre directement dans leurs bureaux le 25 septembre pour approfondir les aspects techniques et rencontrer une partie de l'équipe. Le fait que je sois déjà sur place m'avait ouvert cette opportunité. J'étais motivé et confiant quant à cette nouvelle aventure professionnelle qui pourrait se profiler.

Le vendredi, je décidai de m'offrir une petite escapade à *Séville*. Cette ville, avec ses richesses architecturales et historiques, m'attirait depuis longtemps. Je passai plus de trois heures à explorer la cathédrale, ébahi par la beauté des lieux. À l'intérieur, chaque chapelle, chaque recoin de ce monument semblait raconter une histoire. Je pris mon temps, admirant chaque détail, chaque œuvre d'art. C'était un vrai trésor architectural. Malheureusement, je n'eus pas l'opportunité de visiter *l'Alcázar*, les places étant limitées par tranche horaire, et je devais retourner à la gare pour rentrer à *Málaga*. Malgré cela, cette journée m'avait profondément marqué.

Le dimanche 22 septembre, jour où Cathy devait rentrer de son escapade anglaise, tout bascula. Je décidai de faire un peu de ménage dans le studio pour m'occuper l'esprit avant son retour. Quelle erreur ! En voulant remettre le drap du lit, je soulevai le matelas et entendis soudain un craquement dans mes lombaires. Je compris immédiatement que je venais de me faire un lumbago. La douleur était fulgurante, et je réalisai avec effroi que cela risquait de gâcher ma dernière semaine de vacances.

Je pris les médicaments que j'avais sous la main et fabriquai une bouillotte de fortune avec une bouteille d'eau chaude pour soulager la douleur. Je restai allongé une heure, espérant que cela passerait. Mais je ne voulais pas laisser cette blessure ruiner ma journée, d'autant plus que la météo était idéale. Déterminé à ne pas rester enfermé dans le studio, je me levai péniblement et me préparai pour aller à la plage. J'anticipais déjà la difficulté des escaliers sur le chemin qui menait à la plage, surtout avec cette douleur lancinante dans le dos, mais je ne pouvais me résoudre à rester inactif.


Dans l'ascenseur, je rencontrai une femme qui, en espagnol, me demanda si je me rendais à la fête de la ville. Ne comprenant pas totalement, nous continuâmes en anglais, bien que ce ne soit pas sa langue forte. Elle m'expliqua qu'un grand défilé de chars allait commencer dans une heure, juste à côté de la paroisse, dans le centre animé. Intrigué, je changeai mes plans et m'installai à la terrasse d'un bar juste en face de la paroisse.

Je commandai une bière et des tapas tout en observant l'effervescence qui se préparait.

Peu de temps après, le défilé commença. C'était un spectacle incroyable, avec des chars colorés, des groupes habillés en costumes traditionnels, chantant et dansant au rythme de la fête. L'ambiance était euphorique. Je m'approchai pour prendre des photos, demandant même à certains groupes de poser pour moi. Ils étaient tous très accueillants et chaleureux, et je pris des clichés magnifiques, capturant la joie de cet événement local. Le défilé dura plus de deux heures, et malgré mon lumbago, je parvins à en profiter.

Une fois le défilé terminé, je me dirigeai finalement vers la plage, où je passai le reste de l'après-midi à me reposer sur un transat. La douleur était toujours là, mais je m'efforçais de l'ignorer. Ce n'est que plus tard que je compris que j'aurais dû dès le lendemain consulter un ostéopathe. Malheureusement, j'attendis trop longtemps, et quand je cherchai à prendre rendez-vous, ils étaient tous complets pour la semaine.

Ainsi commença ma dernière semaine de vacances, accompagnée de cette gêne persistante qui évolua en douleur sciatique. Chaque jour devenait un défi, la douleur gagnant en intensité, irradiant jusque dans ma jambe. Mais cela ne m'empêcha pas de continuer à espérer que Cathy me contacterait après son retour. Je me disais qu'elle avait sûrement besoin de temps pour reprendre ses repères après son voyage, et je décidai donc de lui laisser l'initiative de revenir vers moi.

# CHAPITRE 6
## L'attente et l'incompréhension
## (23 – 26 septembre)

Les jours passèrent, et malgré mon espoir qu'elle me contacte à son retour, il n'y avait toujours aucun signe de vie de sa part. Je me disais qu'elle avait peut-être besoin de temps pour se réinstaller après son voyage, mais au fil des jours, ce silence commença à me ronger. L'attente devenait de plus en plus difficile à supporter, d'autant plus que j'avais mis tellement de moi-même dans cette déclaration.

Je tentais de rester concentré sur mon entretien à venir, car je savais que je devais le préparer du mieux possible, surtout que même si j'aime parler anglais et que je n'ai aucune difficulté pour le lire l'écrire et le comprendre, je ne suis pas rompu à le parler régulièrement et encore moins à passer des entretiens complets dans cette langue. Mais dès que j'avais un moment de répit, mes pensées revenaient invariablement vers Cathy. Pourquoi ce silence après tout ce que j'avais exprimé ?

Le mercredi 25 septembre arriva enfin. J'avais le sentiment de m'être bien préparé pour cet entretien, mais avant de m'y rendre j'ai ressenti le besoin de me concentrer en me rendant à nouveau dans cette paroisse. Je me rendis à mon entretien dans les bureaux de la société à *Málaga*. Le trajet en bus depuis *Torremolinos* me laissa le temps de réfléchir, mais je m'efforçai de garder mon esprit clair. Une fois arrivé, je pris le temps de déjeuner à la terrasse d'un restaurant à proximité des bureaux. À 13h45, j'entrai dans l'immeuble pour mon rendez-vous.

L'entretien d'environ 45 minutes se déroula plutôt bien, même si mon anglais manquait parfois de fluidité, cherchant parfois mes mots. Malgré cela, mon profil correspondait bien à ce qu'ils recherchaient, et à la fin de l'entretien, on me fit visiter les locaux. Cette visite ne fit que renforcer mon envie de travailler avec eux. Les bureaux étaient spacieux, modernes, et l'équipe m'avait fait une impression très positive.

Je pris le chemin du retour en ayant un bon sentiment, c'était un résultat globalement positif et une chance possible de réaliser ce rêve de m'installer dans la région. Pourtant, dès que l'entretien fut terminé, mes pensées revinrent immédiatement vers Cathy. L'inquiétude monta en moi. Peut-être avait-elle décidé de m'ignorer ? Je ne voulais pas la déranger, mais après tout ce que j'avais partagé avec elle, je m'attendais au moins à un petit mot.

Ce soir-là, je décidai de retourner au *Waikeri*, le restaurant de ses amis qu'elle nous avait fait découvrir en juillet. J'y étais déjà retourné depuis mon retour à *Torremolinos*.

J'avais préparé un petit mot en anglais que je tenais sur une feuille A4 et demandai à l'ami de Cathy de me prendre en photo avec ce message afin qu'il le lui envoi : « *Il reste environ 80 heures pour partager ce moment avec toi. Je pars dimanche matin. Mais mon instinct me dit que je reviendrai bientôt.* »

Il accepta volontiers, mais avant d'envoyer la photo, il souhaita lui demander si elle était d'accord. J'étais persuadé qu'elle ne refuserait pas, et finalement, la photo fut envoyée.

Le lendemain, toujours aucune réponse. Je passai la journée à la plage, profitant du soleil et de cette magnifique journée, mais une tension persistante ne me quittait pas. Ce soir-là, je retournai au *Waikeri* et préparai un autre message toujours en anglais :

« *Chaque heure qui passe sans message de ta part fait saigner mon cœur. Même si je connaissais les risques, je ne m'attendais pas à être ignoré de la sorte après t'avoir donné les clés de mon cœur, de mon esprit et de mon âme. Quelque chose m'échappe... S'il-te-plaît, explique-moi.* »

Cette fois, après avoir envoyé ce message et commandé un cocktail, un bon petit plat et un verre de vin rouge, je craquai. Les émotions me submergèrent, et je ne pus retenir mes larmes. C'était comme si tout ce que j'avais retenu en moi explosait soudainement. Cette journée si belle s'achevait tristement dans mon cœur. J'essayai de faire bonne figure, mais la douleur était palpable. Je ne comprenais pas pourquoi elle ne répondait pas, et ce silence prolongé devenait une véritable souffrance.

# CHAPITRE 7
## La dernière tentative (27-28 septembre)

Le vendredi arriva, et toujours aucune nouvelle de Cathy. L'attente m'épuisait, mais plus que tout, j'avais besoin de comprendre. Il fallait que je sache ce qu'il se passait dans sa tête, même si c'était difficile à entendre. Ne pas savoir était la pire des tortures.

Je me résolus à tenter une approche différente. Je me rendis dans un bazar et achetai du papier et une enveloppe rouge grand format. De retour à l'appartement, j'écrivis une lettre en anglais que je décidai de lui faire parvenir directement à l'hôtel :

*« Cathy, finalement je ne sais même pas si tu as lu mon journal. Et je n'ai obtenu aucune réponse aux nombreuses questions que je me posais.*

*En revenant ici, j'avais deux rêves. Il semble que j'en aurai réalisé l'un des deux. C'est déjà bien. Ce n'est pas donné à tout le monde d'y arriver.*

*Je pensais que tu étais une femme exceptionnelle, et tu l'auras été d'une certaine manière pour moi un bref instant. Ton sourire a été l'étincelle, celle qui a enflammé mon cœur et installé quelque chose au plus profond de moi. L'amour fait parfois faire des choses auxquelles on ne s'attend pas. Je n'ai jamais rien connu de similaire.*

*Je suis triste du résultat après une telle intensité, mais comme je te l'ai écrit, je ne regrette rien du cœur et de la passion que j'ai donné pour toi. J'espère que tu ne m'en veux pas.*

*A défaut d'aller prendre ce thé avec toi, j'aurais simplement voulu que tu m'expliques au moins... il n'est pas trop tard si tu le souhaites un jour... car j'aimerais vraiment comprendre. J'en ai vraiment besoin !*

*Je te souhaite le meilleur pour ton avenir. Prends soin de toi. Et tu sais, on ne sait jamais ce que nous réserve la vie, et parfois elle est très surprenante. »*

Je plaçai la lettre dans l'enveloppe et me rendis à l'hôtel aux alentours de 17h. Je savais qu'elle terminait à 23h et je ne souhaitais pas la déranger directement, alors j'attendis qu'un couple entre dans l'hôtel pour leur demander s'ils pouvaient remettre l'enveloppe à Cathy. Ils acceptèrent avec gentillesse, et je repartis, espérant que ce geste susciterait enfin une réponse.

Samedi 28 septembre, mon dernier jour. Toujours aucune nouvelle. Je réalisai que je n'avais pas tout dit. Il me restait encore des choses à exprimer. Je me décidai à écrire une dernière lettre, plus intime et en français cette fois. J'y glissai même mon CV américain, ajoutant le nom de ma future entreprise à *Málaga*, comme pour affirmer que mon avenir était là. Après tout, j'y croyais vraiment.

J'hésitai longuement avant de décider si je lui remettrai cette lettre en main propre ou non. Je me rendis à nouveau dans la paroisse, espérant trouver la quiétude et le conseil de mon instinct pour faire le bon choix. Puis finalement, je pris mon courage à deux mains et me rendis à l'hôtel aux alentours de 14h45. Je pensai qu'elle commencerait à 15h comme la veille, mais à ma surprise, elle était déjà là, en train de gérer des clients et je compris plus tard qu'elle allait terminer son service. J'ai donc eu un peu de chance car j'aurai pu la manquer de peu. Elle me vit, et je me dirigeai vers le comptoir à l'arrière pour commander un thé, attendant qu'elle se libère.

Cathy finit par me rejoindre pour échanger quelques mots. Je lui dis, en souriant tristement : « *Je suis venu prendre ce thé, mais seul.* » Elle répondit doucement : « *Parfois, il vaut mieux être seul.* » Je pouvais sentir qu'elle n'était pas à l'aise, fatiguée et préoccupée. J'essayai de lui parler, mais je ne dis pas tout ce que j'aurais voulu. Je lui demandai quand même si elle serait d'accord pour aller prendre ce thé à la fin de son service mais me répondit qu'elle voulait rentrer chez elle, prendre une douche et se reposer. Elle avait enchaîné deux longues journées de travail, et je comprenais son besoin de souffler.

Après ce bref échange, je pouvais sentir que quelque chose restait en suspens.

Je ne pouvais m'empêcher de lui demander pourquoi elle ne m'avait pas envoyé de message, pourquoi ce silence. Elle me donna une brève explication sur l'enchainement de ses journées de travail depuis son retour d'Angleterre, mais elle n'était pas très claire. Je sentais qu'elle ne me disait pas tout, et qu'il y avait des choses qu'elle préférait garder pour elle. Peut-être qu'elle n'était pas prête à me révéler ce qu'elle vivait, ou qu'elle préférait simplement ne pas le faire. Pourtant, j'aurais été prêt à tout entendre, peu importe la difficulté. J'ai toujours pris soin de faire attention de ne pas la brusquer ou la déranger, et je ne cherchais pas à ce qu'elle se justifie, mais j'avais juste besoin d'une explication minimale, d'un mot pour m'aider à comprendre et passer à autre chose.

Avant de la laisser partir, je lui tendis cette dernière enveloppe, en lui disant que c'était la dernière. Elle l'accepta sans hésiter, et alors qu'elle s'apprêtait à partir, je l'interpellai une dernière fois. *« Cathy, s'il te plaît, explique-moi... »*, lui dis-je doucement. Elle me répondit par un *« D'accord. »*, mais je ne sentis pas la sincérité derrière ses mots. J'avais l'impression qu'elle cherchait simplement à tourner la page, à mettre un terme à cet échange. C'était la fin, je le savais. Je ne la reverrais probablement plus. Du moins, pas dans un avenir proche. Voici ce que contenait la dernière lettre :

*« Cathy, aujourd'hui cela fait exactement 2 mois que je t'ai vue pour la 1ère fois et que ton sourire m'a emporté. Cela fera aussi 2 semaines ce soir que je suis venu te surprendre*

*avec cette chanson, ce journal et ce poème, te confiant une partie de mon âme.*

*Je me souviens précisément de cet instant où, prêt à venir de te voir, les cloches de la paroisse juste en face de mon balcon se sont mises à sonner, comme un signe, c'était une synchronicité incroyable. Il était 20h30. J'ai pris une grande respiration et déconnecté mon esprit, et je suis sorti de l'appartement. Et puis je l'ai fait.*

*J'ai bien remarqué que tu voulais me dire qqch et que tu étais un peu gênée pendant mon show, mais je devais aller jusqu'au bout. Pour moi, c'était un moment d'une intensité que je n'avais jamais vécue. Je n'oublierai jamais cet instant ni ces 2 mois exceptionnels.*

*Depuis ce jour, je n'ai plus eu de nouvelles de toi.*

*Tu avais mentionné l'idée de prendre un thé ensemble, une perspective qui me réjouissait, mais ton silence depuis m'a plongé dans une incompréhension profonde.*

*J'ai du mal à vivre avec cette incertitude après avoir exposé tant de moi-même.*

*Je suis prêt à tout entendre, mais rester dans cette incompréhension est douloureux.*

*Même un simple mot d'explication m'apporterait un peu de paix.*

*Je ne te demande pas de te justifier, seulement de m'aider à comprendre.*

*Je te respecte profondément et je sais que tu as peut-être tes raisons, mais j'ai besoin de cette clarté pour pouvoir avancer, même si cela signifie entendre quelque chose de difficile.*

*Je t'en serais vraiment reconnaissant. »*

Cette histoire semblait désormais conclue, bien qu'inachevée. Malgré la déception, un sentiment particulier restait ancré en moi. Même si elle m'avait ignoré et que je n'avais pas eu les réponses que j'espérais, mes sentiments pour elle étaient toujours là, présents et profonds.

De retour à l'appartement, je me laissai envahir par mes pensées. Je repassai en boucle ces deux derniers mois, cette rencontre fulgurante, et cette intensité qui m'avait traversé. Je me demandai comment j'allais réussir à tourner la page. Un moment de faiblesse m'envahit, et je me surpris à espérer pouvoir l'oublier rapidement. Mais je restai avec ma plus grande crainte ; celle de peut-être ne jamais plus ressentir un amour d'une telle intensité.

Le soir, je décidai de retourner au *Waikeri* pour un dernier repas. J'avais promis au restaurateur de revenir et de lui laisser ce qu'il me restait dans l'appartement : quelques produits ménagers et de la nourriture que je ne pouvais pas emporter avec moi. Je commandais une margarita et une salade d'avocat. Leur cuisine était délicieuse, tout fait maison, et c'était une manière agréable de conclure ce séjour.

Mais alors que je dégustai mon repas, une nouvelle pensée s'installa dans mon esprit. Je me rendis compte que je n'avais pas tout dit à Cathy. Je ne savais pas si je pourrais lui exprimer un jour tout ce que j'avais sur le cœur, mais j'avais besoin de lui faire comprendre ma frustration. Alors, je demandai au restaurateur s'il avait conservé le CV que je lui avais remis plus tôt dans la semaine. Il me le rendit, et je m'installai pour écrire, au dos du CV, un dernier mot en anglais destiné à Cathy :

*« Ce qui est vraiment frustrant, c'est d'être complètement ignoré après avoir fait quelque chose de si fou par amour, quelque chose que tu n'as jamais fait auparavant pour personne, quelque chose de si puissant et de si intense pour montrer ta passion pour l'être aimé.*

*Et à la fin, c'est comme si cela n'avait jamais eu lieu, comme si tu n'avais jamais existé.*

*C'en est presque méprisant. Cela fait très mal.*

*La moindre des choses aurait été de m'envoyer un petit message, au moins par politesse. J'aurais compris. Là je ne comprends rien du tout !*

*Mais comme j'ai encore des sentiments très forts pour toi, ou bien parce que je suis naïf, j'ai encore envie de te laisser le bénéfice du doute en me disant que tu as une bonne raison.*

*J'espère que tu ne ressentiras jamais cela. Mais peut-être que pour le comprendre, il te faudra passer par là. Mais je ne te souhaite pas cela.*

*Au revoir, Cathy. »*

Au moment d'aller régler mon addition, je dis au revoir au restaurateur en lui faisant comprendre que je reviendrai de toutes façons un de ces jours. Et de lui-même il me demande si je veux qu'il donne le mot que je viens d'écrire à Cathy. Je lui dis que oui, s'il peut le faire ça serait très gentil. Il me répond qu'il le fera.

Alors que je quittai le restaurant, un mélange de frustration et de tristesse m'accompagnait, mais aussi un soulagement d'avoir exprimé celle-ci dans ce dernier mot. J'avais l'impression d'avoir tout dit, du moins autant que possible. Pourtant, je savais que j'aurais encore beaucoup de choses à lui dire, des sentiments que je ne pourrais peut-être jamais exprimer complètement.

Je n'avais pas eu l'occasion de partager ce verre ou ce thé avec elle, ni de mieux la connaître. Au final, je n'avais même pas obtenu ce petit mot explicatif qui aurait pu apaiser mon esprit. Tout ce que je ressentais, c'était un vide, comme si ces deux mois n'avaient jamais existé. Comme si moi-même, je n'avais jamais existé dans cette histoire.

J'avais tout donné, peut-être plus que jamais dans ma vie, pour déclarer mon amour à une femme. Je l'avais fait parce qu'elle m'avait semblé exceptionnelle, son sourire m'avait touché en plein cœur, et parce que j'étais tombé éperdument amoureux d'elle. Je savais qu'il y avait des risques, que rien n'était certain, mais jamais je n'aurais imaginé être ignoré de la sorte. Pas après tout ce que j'avais mis en jeu.

Vraiment pas...

# CONCLUSION

## De l'Amour à l'Andalousie – Une rencontre inattendue vers le Destin

C'est cette profonde frustration qui m'a finalement poussé à écrire cette histoire. La frustration de ne pas comprendre, d'être ignoré après avoir tant donné. Cette histoire, pourtant, a bel et bien existé. Tout comme les sentiments et la passion qui m'ont habité pendant ces deux mois intenses. Ce n'était pas un simple caprice passager, mais un feu ardent qui m'a poussé à me dépasser, à accomplir des choses que je n'aurais jamais cru possibles. Je lui ai confié les clés de mon cœur, de mon esprit et de mon âme, avec toute la sincérité et la vulnérabilité que cela implique. Et même si elle n'avait rien demandé, je ne peux toujours pas comprendre pourquoi elle a choisi de me laisser dans ce silence.

J'ai bien quelques hypothèses :

_ Ma plus grande crainte, que je lui ai confiée dans mon journal le 1er septembre : « *Et plus que tout, j'ai peur de t'effrayer par cet amour si intense que je te porte déjà.* »

_ Qu'elle ne soit toujours pas remise de son histoire passée, un sujet qu'elle a abordé brièvement à plusieurs reprises.

_ Peut-être des problèmes familiaux.

Mais quoi qu'il en soit, cela n'aurait pas dû l'empêcher d'envoyer un simple message, aussi bref soit-il, par politesse, sans qu'elle n'ait à se justifier. À moins qu'elle ne m'ait pris pour un fou et ait préféré s'éloigner sans laisser de traces.

Malgré tout, je ne regrette rien. Comme je l'ai écrit dans mes lettres et dans ce journal, je suis fier de ce que j'ai accompli. Je suis fier de la passion que j'ai investie, du courage dont j'ai fait preuve en suivant mon cœur. Je n'ai aucun regret quant à ce que j'ai donné. Ce que j'ai ressenti pour elle était réel, intense, et cela mérite d'être reconnu, même si cela n'a pas trouvé d'écho de l'autre côté.

D'ailleurs, ce journal que je lui ai offert, c'est bien plus qu'une simple collection de pensées ou de souvenirs. Ce que j'ai partagé dans ce livre n'en représente qu'une infime part, une toute petite portion de la profondeur de ce que contient vraiment ce journal. Il est rempli de réflexions, de rêves, et de sentiments bruts qui ne resteront connus que de moi et de Cathy. Ce qu'il contient est unique, une pièce de mon âme, et j'espère qu'elle le gardera quelque part, précieusement. Car on ne sait jamais... peut-être qu'un jour, elle y retournera, et qu'en lisant ces mots, elle comprendra mieux ce que j'ai vécu. Ce journal est une part de cette histoire qui pourrait rester dans sa vie, même après la mienne.

Et pour conclure ce livre, comme j'ai conclu ce journal que je lui ai confié, je souhaite partager ici le poème que je lui avais écrit, un dernier message, un fragment de mon âme que je laisse dans ces mots.

Cette histoire a commencé presque par hasard, lors d'un voyage décidé sur une impulsion, sans planification précise. Le choix de cette destination aurait pu être tout autre, mais le destin nous a menés ici, Ben et moi, comme si tout cela était écrit quelque part. Ce qui semblait être une simple escapade s'est révélé être bien plus qu'une aventure passagère. Chaque événement, chaque rencontre m'a fait comprendre que ce voyage n'était pas simplement une histoire d'amour entre deux personnes, mais le début d'un chemin plus profond, où j'ai découvert des émotions d'une intensité rare et où j'ai également trouvé une terre qui résonne profondément en moi.

Écrire cette histoire est ma manière de rendre hommage à cette période intense de ma vie, aux émotions qui m'ont traversé, et à cette connexion, aussi fugace qu'inoubliable. C'est une façon de donner un sens à cette expérience, de la transformer en quelque chose de concret et vivant, qui dépasse les simples souvenirs. À travers ces mots, je témoigne que tout cela a vraiment existé. Ce n'était pas un rêve éphémère, mais une réalité qui a profondément marqué ma vie. J'ai souvent eu l'impression de ne pas être seul durant ce cheminement, d'être guidé par une force mystérieuse, presque divine, qui m'a soutenu pendant ces deux mois. Cette inspiration, cette détermination, sont devenues des moteurs puissants qui me poussent à réussir, non seulement dans cette histoire d'amour unique, mais aussi dans la réorientation de ma carrière, en m'installant dans cette région qui continue de m'appeler.

Peut-être que le véritable amour que j'ai découvert au cours de cette aventure est celui que je porte pour cette région, ce lieu où je sens qu'un nouveau chapitre de ma vie doit s'écrire. Peut-être que ce n'était pas l'histoire d'amour à deux que j'imaginais, mais une rencontre plus vaste avec un lieu qui m'a permis de révéler ce dont je suis capable lorsque je suis porté par une émotion aussi puissante. Pour cela, je resterai toujours reconnaissant.

# Au seuil des rêves

À travers les étoiles, mes pensées s'envolent,
Guidées par ton sourire, douce et tendre boussole.
Chaque mot, chaque geste, un reflet de mon âme,
Dans l'espoir de toucher ton cœur et voir la flamme.

Je m'entraîne chaque jour, pour te montrer qui je suis,
Dévoilant peu à peu les pages de ma vie.
Mes sentiments sont vrais, d'une force immense et rare,
Je rêve de bâtir avec toi une histoire inoubliable.

Si je t'écris ce jour, c'est pour marquer en toi,
L'empreinte de cet amour, au-dessus de nos lois.
Au-delà des doutes et des peurs qui m'envahissent,
Je suis prêt à tout, pour que nos cœurs s'unissent.

Et si le sort s'unit à nous malgré les vents,
Je te promets, toujours, de chérir tous nos instants.
Car en toi, j'ai trouvé une étoile éternelle,
Qui brille dans mon ciel, éclairant mon autel.

*P.S. : Tu m'as redonné le goût d'écrire, et je suis rarement aussi fier et heureux de le faire. Tu as forcément quelque chose d'unique pour m'avoir insufflée une telle inspiration. Si ces vers ont pu toucher ton cœur, je te promets de les partager avec toi d'une manière encore plus spéciale, car, tout comme cet amour, ils méritent de vivre au-delà de ces pages.*